지붕 없는 아이들

황금알 시인선 148

지붕 없는 아이들

초판발행일 | 2017년 6월 30일

지은이 | 손영숙
펴낸곳 | 도서출판 황금알
펴낸이 | 金永馥
선정위원 | 김영승 · 마종기 · 유안진 · 이수익
주간 | 김영탁
편집실장 | 조경숙
표지디자인 | 칼라박스
주소 | 03088 서울시 종로구 이화장2길 29-3, 104호(동숭동)
물류센타(직송 · 반품) | 100-272 서울시 중구 필동2가 124-6 1F
전화 | 02)2275-9171
팩스 | 02)2275-9172
이메일 | tibet21@hanmail.net
홈페이지 | http://goldegg21.com
출판등록 | 2003년 03월 26일(제300-2003-230호)

ISBN 979-11-86547-64-9-03810

지붕 없는 아이들

손영숙 시집

황금알

햇빛에 나서면

늘 그림자가 켕겼다

창밖의 비바람에 아렸지만

늘 우산이 부족했다

비바람 품어 안을

봄을 기다린다

2017년 2월

와룡산 자락에서

차 례

2부

3부

4부

1부

다비茶毘의 문 앞에서

진눈깨비 출렁이는 날
비닐하우스 안에 정박한 튼튼한 무쇠 난로 한 척
긴 연통에서 출발을 재촉하는 허연 뱃고동 뿜어져 나
온다
나란히 포개져 승선을 기다리는 살이 찢긴 생나무들
뜨겁게 몸 바쳐질 제단 앞에서
뼈마디 내려앉는 소리 근육 터지는 소리 들으며
도끼 자국 선명한 나이테를 들여다보고 있다
칼바람에 단단히 무장한 몸으로
눈과 비를 불러 모아 숲을 키운 젊은 날의 결기
쪼개진 틈새로 김을 뿜으며 타기를 기다리고 있다
몸 받치느라 하루도 쉬지 못한 땅속 뿌리들
목마른 가지 끝 위태롭게 흔들리던 어린 산새들
갓 태어난 입술로 햇빛을 쪼아대던 잎새들
그들 하늘 한 자락 끝내 지키지 못한 육신의
마지막 투신
혈맥에 불이 붙는 순간
설설 물을 끓이며 치솟는 연기
진눈깨비 출렁이는 하늘로 출항을 알린다

12

따뜻한 재 한 줌
어린 풋것들의 발가락이 꼼지락거린다

진홍빛 꽃물
— 지붕 없는 아이들 1

열네 살 꽃봉오리였어요. 산부인과 화장실 변기에 연분홍 꽃잎의 발목 손목이 내 몸에서 쏟아지기 전까지는요. 진홍빛 꽃물이 다 빠져나간 뒤 더운 국밥 한 그릇 넘기고 그 오빠네 집을 찾아갔어요.

엄마가 버린 아빠의 그림자가 술 냄새 풍기며 주춤주춤 따라왔어요. 당당하게 그분은 말했어요. '집 나온 아이 한 달간 먹여 주고 재워 준 게 잘못인가요? 덕분에 우리 아이도 한동안은 마음을 잡더라니까요. 피차 좋은 일 아닌가요? 책임질 일 있다면 책임지겠지만, 수술비는 한 푼도 보탤 수 없구만요.'

머리끄덩이 붙잡힌 채 그대로 골목에 패대기쳐졌어요. 아빠의 목발이 동강 나 뒹굴었지요. 진홍빛 꽃물 전신이 멍든 꽃봉오리를 지금도 적시고 있어요. 얼굴 없는 내 꽃잎의 손목과 발목처럼,

커튼이 없어졌다
— 지붕 없는 아이들 2

엄마가 또 다녀갔나 보다
옷을 벗어 창문을 가렸다
쌀통 뚜껑도 열려 있다
학교에서 모아 준 쌀이다
삼 일째 계속 잠만 자는 동생
얼굴 위로 바퀴벌레들이 지나간다
추워서 다른 집으로 이사를 하나 보다

얼굴도 모르는 아빠가 우리를 찾아올 거라고 한다. 엄마는 팔자를 고치러 갔다고 옆집 아줌마가 말했다. 아직 못 고쳤는지 쓸 만한 물건들만 자꾸 없어진다. 이것들이 다 없어지고 우리 둘만 남아야 엄마의 팔자가 다 고쳐지나 보다.

동생을 깨워 학교에 데리고 갔다
집보다 따뜻해서 동생이 잘 놀았다
선생님이 라면 한 박스 주셨다
엄마가 다 가져가 버릴까 봐
하루치씩 가져가라고 하셨다

엄마는 동생보다 더 자주 옷에 싼다
갈아입을 옷이 하나도 없어지면
엄마도 팔자를 다 고치고 돌아올 것이다

동생을 시설에 맡긴다고 데리고 갔다. 나도 데리고 가
달라고 했다. 엄마가 나를 포기해야 한다고 한다. 내가
대신 엄마를 포기하면 안 되는지 궁금하다. 짝지 필통
속에서 몰래 꺼내온 오백 원을 동생 호주머니에 넣어 주
었다. 참 잘한 일 같다.

꽃의 결석계
— 지붕 없는 아이들 3

집만 아니면 어디든 가겠어요
        꽃이 말라가기 시작해요
밤마다 아빠는 저를 안아요
        화분이 먼저 꽃을 버렸어요
엄마가 없어진 뒤로 죽 그래요
        지금은 비가 아니라 구름이 필요해요
술 때문만은 아닌 것 같아요
        아주 검은 걸로 한 조각만 빌려 주세요
엄마 때문만도 아닌 것 같아요
        나를 담을 그늘이 필요한 걸요

남자친구에게 다 말했어요
        잎이 지기 시작한다고요
집을 나오라고, 책임진다고요
        뿌리를 자르기는 싫었어요
화분을 어디다 던져야 하나요
        팔을 좀 벌려 보세요
어디 한 군데라도 있었나요
        하루라도 나를 받아줄 곳

이렇게 분명한 이유가 있는데
　　　무단결석이 문제인가요

오빠는 밤마다 나를 주우러 다닌다
— 지붕 없는 아이들 4

엄마의 남자가 엄마를 데리고 가 버린 날
그 아저씨의 아줌마를 아빠가 데리고 왔다
어느 쪽이 먼저인지 알 수 없지만
우리는 자연스럽게 가위표 가족이 되었다

그 집 오빠와 한집에 사는 게 싫어 나왔는데
그 오빠, 달빛도 버리고 간 내게
햄버거 사 주고 분홍 리본 달아 주며
우리가 남매라고
밤에만 찾아와 한사코 줄을 긋는다

달빛이 버린 건 나뿐이 아니지만
날 선 가위로 모조리 술을 끊고
어두운 골목 끝에 나를 내다 버린다

넌 내 꺼야, 아무에게도 줄 수 없어
쏟아지는 달빛의 말에
벌린 가위 그 잇몸에 피가 번져 나온다

돌아온 종소리
— 지붕 없는 아이들 5

나이를 물으시지만 대답이 참 어렵네요. 생일은 더
어려워요. 나를 버린 엄마는 글자도 모르셨나 봐요. 우
리는 대부분 원장 아버지의 아들딸이랍니다. 성도 이름
도 생일까지도 좋은 혈통을 공짜로 받아 축복받은 수십
명 형제자매들이 방도 추억도 부모처럼 공유하며 자랐
답니다.

단 하나 사춘기만 내 것이었지요. 어쩌다 좋아지는 사
람이 생기면 그 등을 손바닥으로 냅다 갈겼지요. 어디
갔다 이제 왔느냐고, 내 손바닥을 등에 업은 사람들은
한결같이 나를 놓치고 말았지요. 결국은 나도 나를 놓치
고 말았지만요.

나를 두고 흘러간 강물을 거슬러 나를 찾아 나섰지요.
무슨 죄를 지었을까요. 교회당 대리석 계단이 죄다 무릎
을 꿇었네요. 종이 떠난 종탑 이제는 울지 않아요. 기다
리다 지친 해가 꼴깍 넘어갈 때까지 한 번도 울지 않은
여섯 살 내가 아직도 종탑 아래 앉아 있네요.

흘러간 강물이 출렁이며 나를 데리러 돌아오는 날 종탑에도 한 그루 어린 종이 새로 태어나 잎사귀마다 연둣빛 종소리를 달고 아득히 아득히 퍼져 나가겠지요.

조선 민들레

게다 벗고
기모노 벗고
유카타* 아래 김 오르는 알몸까지 다 보았네

동경 외곽 닛코의 오지
해발 1,800m 산정 호숫가 노천 온천
더운 김으로 알몸 가린 다국적 여행객들
비늘과 지느러미 열탕에 녹이며 몸을 풀고 있다

유황 김 오르는 가두리 양식장
열린 하늘 한쪽에 별꽃 다문다문
졸음겨운 달 아래
노란 숨결 멈춘 조선 민들레 한 포기

어디 뿌리 내릴 곳 없어
잘박잘박 넘치는 식은 그 물 받아 먹고
볼 것 못 볼 것 다 본 사연
하얀 꽃씨로 머금고 있나

한 시절
옷깃 속 깨알 글씨 옥중 안부 전하듯
젖은 머리칼 어디쯤에
씨앗 한 톨 묻혀 돌려보낼 수만 있다면
뒷산 그 진달래 맨발로 뛰어나오려니

* 일본식 목욕 가운.

즐거운 전쟁

방아쇠 당기면
혼비백산 당신의 피 어디로 튈까
보기만 하면 말이 안 나오는 그대 앞에서
방아쇠 당기는 날 내 심장, 저 꽃들처럼 쏟아져 나올까

잉카 쇼니바레의 작품처럼
방아쇠를 당기기만 하면
총구로 꽃이 다발째 튀어 나온다면

비무장지대 양쪽에 무장한 젊은이들
꽃자리 지키느라 머리에 띠 두른 아비들
저런 총 한 자루씩 은밀히 감추었다가
서슬 푸른 상대에게 방아쇠 힘껏 당기면

총알이 아닌
돌멩이는 더욱 아닌
꽃송이 무더기로 날아 나오면

가슴에 뜨거운 피 하늘로 솟듯
이 꽃 맞은 사람들 어디로 튈까

이면지의 아침

파쇄기 앞에서 덜미 잡혀 나온 생
오탈자 없는 이력이 어디 있을까
한때는 눈부신 표면이었던
이 한 장에 스며 있는 눈물과 땀이
아른아른 비치는 이면으로
숨 죽이며 돌아눕는 시간
밝은 이마로 일어서던 아침이
부끄러운 뒷덜미를 보이며
돌아눕는 저녁을 보고 있다
들키지 않으려고 차를 젓고 있지만
물매암 만들며 퍼져 나오는 거품처럼
이면의 역사가 양산되는 시대
또 하나의 너를 위해
가로수 무성한 길 위에서 다시
신발끈을 묶는다

광장

팔 들어 휘젓는 가지의 말
저마다 촛불 하나씩 잎의 말
혀 아래 칼을 숨긴 꽃의 말은 모두 다르다

기척도 없이 다가와
숲 한 채 온통 핏대 서게 하는
바람의 선동

소리통을 하나로 열어 놓은 채
깃발만 가지 끝에 걸어 놓고
무성해진 말의 숲을 빠져 나간다

고딕체로 펄럭이는 깃발

우르르 따라 나섰다
밑줄 하나 긋지 못하고
설레설레 고개 젓고 돌아서는 나뭇잎들

빗기 머금은 기류 앞에

자꾸만 입이 가려운 나무 식구들
바람의 집을 짓느라
숲 일가, 종일 부산하다

구조 조정

멀쩡한 등판과
반듯한 앞판

아무리 씻어도 지워지지 않는
목둘레 누렇게 바랜 땀자국
소매 끝 묵은 땟자국

흰 와이셔츠 석 장

협상 끝에
목과 팔목을 잘라 잠옷으로 임시 채용키로
반발이 심해
그대로 살려 해외 파견으로 합의
동남아 오지로 보내기로 했다

옷장 안 동료들의 표정을 살폈더니
운신의 폭이 넓어진 기쁨보다
언제 제 차례가 올지 몰라 불안한 표정이다

깐깐한 한 녀석 몸값이면
깔깔한 중국산 셋으로
갈아 끼울 수 있음을 알고 있기 때문이다

서울로 가는 바람

물을 안고 누운 땅
어머니 양수 속에
어린 모가 기지개를 켠다

서울 가는 바람이 모판을 흔들 때마다
구름이 내려와 말을 걸 때마다

대구 지나 대전, 천안 지나 서울로
바람 따라 구름 따라

서울을 먹이느라
빈 들이 될 때까지

탯줄 꼬투리 말라 떨어져
자궁 속 안부 까맣게 잊혀지고

고시촌 쪽방 땀에 전 이력서가
고속 엘리베이터 빌딩을 오르다가
끝내는 놓쳐 버린 경부선 하행선

허리 굽은 빈 들만 종일 귀를 열고 있다

그녀의 기울기

반나절 내내
동쪽 예각에서
남산 발부리를 데우던 그녀
오른쪽 겨드랑이에서 웃음소리 들리자
앞산 정수리에 올라
직각으로 팔 괸 생각 북쪽을 향한다

눈물 그렁그렁 왼팔을 보듬어
접힌 팔뚝 둔각으로나 펴 보려 허리 굽힌다
굽힌다는 것은 몸 접어 마른 마음에 물을 대는 것
북향 주름진 골짜기들
볼우물 발그레 수평으로 웃는다

땅끝마을 보리밭에서 나진항 물너울까지
소나기 천둥번개 함께 몰아쳐도
지하 단칸방 아이 울음소리까지
보듬어 쓰다듬는 손길

오늘도 몸 기울이려

먼바다 가로질러
백두대간 문지방을 숨가쁘게 오른다

앵무새를 위한 변명

그 앵무새의 혀*를 가슴에 안고 건널목 앞에 섰었지
물대포를 뒤집어쓴 아이 하나 내 치마 밑으로 기어들고
장바구니 속에 돌멩이 날아들었지
등으로 주춤주춤 밀어 그 강물 속으로 아이를 밀어 넣고
옷자락에 묻은 놀란 물방울들 탈탈 털어 냈었지

길들여 편해진 앵무새 한 마리
다시는 대학가 서점 앞을 서성대지 말아야지
지난 연대가 다 부르짖은 것을
부르짖다가 졸업도 못 한 것을
월부책 들고 와 선배들 등이나 휘게 할
읽지도 못할 책 출판해 처자식 거리에 나앉게 할
지들이 무슨 달동네까지 해를 끌어 내리겠다고
부르짖다가 소진해서 죽든 말든
갈피마다 최루가스 겁에 질린 앵무새의 혀
등이 보이지 않게 서가 깊숙이 밀어 넣었었지

등 따습고 배부른 새장 속에서 다시 펴 보는
벼슬 치켜세우게 하는 노래들

폐간된 잡지사 옥탑방에 모여
폐간되지 않은 입들이 부르던 노래
은유의 밭에 서슬 푸르게 자라던 댓잎
이제 이울어 굽은 등으로 어느 하늘을 받치고 있을까
말을 현금처럼 아끼던 그 시대
입에 거품 물고 은유를 거부하던 새들의 핏자국은 흔
적이 없고
어느 시대에도 길들지 않을 하나의 혀를 위해
목청껏 제 음정을 찾아가는 앵무새를 볼 수가 없다

* 김현 편 시집 『앵무새의 혀』(1985)

2부

꽃 피는 고사목

누구의 몸에 불을 지피나, 꽃 피는 능소화
정녀貞女의 집 사립을 지키는
향나무 고사목 한 채
전신을 휘감고 있다

둥글게 가둔 생애
누구를 휘감아 본 적 없는
정결한 뜨락에
제 나이만큼의 등을 밝히고
향나무 마른 가지에 편지를 쓴다

'둘히 머리 셰도록 사다가 홈끠 죽쟈 ᄒ시더니
엇디ᄒ야 나룰 두고 자내 몬져 가시ᄂᆞ' *

정녀貞女**의 집 문 앞에서 부르는
정녀情女의 목멘 노래

꽃 피우려다 죽어가는 몸
돌아오라 돌아오라

꽃으로 불을 놓는다

* 1998년에 안동 정자동 이응태의 무덤에서 나온 420년 전「원이 엄마의 편지」서두 일부. 이 편지는 조두진의 소설「능소화」의 모티브가 됨.
** 원불교 여성 교역자

미루나무 환상곡

닫힌 유리창 사이로 그대와 마주한 열아홉 해
햇살 푸르게 입고 살며시 다가가
손 뻗어 구름 몇 장 그대 휠체어 아래 깔아 보지만
밀고 나오지도 딸려 들지도 못하고 그저 눈물로나 읽
히다가
돌아서 나오는 마음 가지로만 무성하게 뻗어
뽀얗게 갓 돋아난 세모꼴 잎사귀
가장자리 솜털이라도 한번 만져나 보시지
넘실대는 못물, 거실 창 안으로 내 머리칼 한번 담가
보지만
마냥 피어나는 것은 그대 눈동자에 흐르는 구름 몇 송이
잠길 듯 향기로운 하늘 한 자락으로 뻗어 간 내 모습
일 뿐
벌떡 일어나 걸어 나올 수도, 성큼 들어갈 수도 없는
한 치 두께도 못 되는 이 투명한 담장
접었다 폈다 무수한 계절을 그대와 나 정물의 자리에
앉아
무슨 꿈이며 흔적을 남겼으리
조락과 남루의 긴 계절에도 서로 바라만 보다가

몰래 짐작만 하다가 문득 듣기도 하는 어느 날 있어
싹 틔운 것들의 비바람 함께 지켜볼 수만 있다면
내리치는 번개와 천둥 사이에서도
봄 하늘에 꽃가루 함께 날릴 수만 있다면
이 투명한 판유리 한 장이야 전신으로 밀치고 들어가
그대 은빛 바퀴 더욱 힘차게 내 가슴으로 밀고 나오리

밀양고을 꽃돌 상소문

감히 아랫것이
언감생심 아랑阿娘 아기씨를 품다니요
저놈의 달
유월 초아흐레
어스름 저놈의 달
영남루 아래 강물로 내려와 하늘하늘 망보다가
밀양부사 잠깐 조는 사이 그 사이를 못 참고
부친 옆에 글 읽던 삼단 머릿결 항라적삼 속에 들어
봉곳 젖무덤에 손 얹는 바람에
그놈, 그놈을 쫓느라고
아기씨, 우리 아기씨 따라
대숲 언덕을 숨가쁘게 쫓아간 것밖에는

꽃 없는 섣달에도 피어 나라고
감히 아랫것이
바위에다 눈물로 새기는 우리 아기씨
뒤뜰 별당 버선발 내딛는 문지방 아래
고운 발바닥 처음 닿는 곳, 꽃으로 피어나는 아기씨외다

42

뿌리

부디 오늘 밤 가오시라
아버지와 오빠를 불러
마중을 부탁한다
머리를 빗기고
몸을 닦으며
수의 찾아 머리맡에 내놓고
등창을 더듬어 본다
옹이가 말라붙은 나를 키운 그루터기
부디 오늘 밤 가오시라
밤샘도 결근도
짧을수록 좋은 막내
까무룩 잠든 사이
조심조심 몸은 두고
새벽밥 지으러 나가듯
발소리 죽여 황천 건너간 뿌리

시인의 집
— 구순 이분이 할머니의 구술

희끗희끗 반백의 아그들아 뭘 보자고 떼 지어 왔느냐
문간에 핀 조팝이 탐나거든 한 가지 꺾어 주랴
바닷물이 밀어 올리는 몸 부푼 은어떼 보려거든
가슴에 불 지르는 복사꽃 언덕으로 가든지
봄물 오른 동해 한번 끌어안고 싶으면
새로 지은 앞산공원 정각에나 오르지
구멍 난 슬레이트 지붕, 빈집 즐비한 이 골목엔 웬일
인고
이 사람아, 내 손목 놓지 않는 자네는 누군겨
물일 가는 제 어미 뒤꼭지에 눈물방울 매달아 쌓다가
부뚜막 밥주발에 코 박고 잠이 들던 건넛집 무실댁 외
동이 아닌감
자네 모친 병이 깊어 수발이 많다더니 저승길은 쉬웠
는가
금슬 유난턴 자네 부친 무실양반,
수양버들 젊은 각시 포도송이 어린 남매 눈에 밟혀 수
궁인들 편했을라
초록 미역 몸에 감고 동네 총각 가슴에 바람을 풀어 놓던
자네 큰 누부도 이제 하마 환갑이 지났지럴

어질디어진 눈매 자네가 시인이라고
이 사람들이 없어진 자네 집을 구경하러 온 거란가
시인, 그게 무언지 모르네만
눈 밝던 자네 부친 닮아 글줄이나 한단 소린겨
옛날 우리 동네 이장보다 면장보다 높지는 않더라도
괜찮아 괜찮아 처자식 밥 안 굶기고 살아가면 되는 거여
서른 살 청상 자네 모친 그 시절 소원이
하얀 전복살 같은 이밥, 평생 자식들 오지랖에 끊이지
않는 것이었네

그런데 참 이상한 일이여
저기 저것 좀 봐, 골목 앞 냇도랑 말이여
어제부터 난데없이 저 청둥오리 한 쌍이 나타난 거여
수놈이 얼마나 음전한지 한번 보게나
길게 목을 빼고 도포 자락 휘날리며 자꾸 이쪽을 보고
있잖여
그림자처럼 졸졸 따라오는 저 얌전한 암컷도 좀 봐
그 옛날 이 골목 어디메서 많이 보던 모습 같잖여

정을선전 권지돈*

댕기 머리 어머니 버선발로 필사본 행간을 걸어 나오신다. 고소설 정을선전 한 권 이웃 마을에서 빌려 와 길쌈하는 사이사이 자매들이 돌아가며 한 줄 한 줄 베껴 쓴 듯 낱장마다 다른 글씨로 정숙한 여인 추연의 애끓는 사연을 전한다.

정재상가 외아들 을선, 그네 뛰는 추연에 한눈에 반할 때는 두근두근 방년의 어머니 먹물도 벙글고 계모의 간계로 첫날밤 신랑이 돌아서는 대목에서는 후들후들 붓길, 저도 함께 어지럽다.

큰 오라비 붓을 훔치고 작은 오라비 먹을 훔쳐 별당 문 걸어 놓고 처음 써본 흔글, 기러기로 날다가 갈매기로 날다가 발목 다쳐 주저앉은 글씨 끝에 '천지간 ᄉᆞ람드라 부디 동싱 형제 화목하여 낙선 힝젹 조화하쇼셔'** 나붓이 한 말씀 당신 마음 옮겨 적고 '하만군 칠봉면 봉촌이 아무개' 주소 성명 단정히 밝혔다

아흔 몇 해 거슬러 함안군 칠북면 봉촌리 찾아가니 뒤

46

뜰 별당채 섰던 자리 베트남 엄마가 두고 갔다는 가무댕
댕 두 아이가 "아슴아슴 내 이름도 모르겠는데 그 시절
이 댁에서 글줄이나 읽은 처녀라면 아마도 저승 계신 우
리 시고모님인 갑소" 등 굽은 제 할머니 말씀을 받아 전
한다.

* 정을선전 권 1(조동일 소장 국문학 연구 자료집 제10권 – 필자의 모친 구
  호순 필사본)
** 천지 간 사람들아 부디 형제 화목하여 즐겁고 선한 일로 조화를 이루소서

아름다운 실족

어찌 마음 지어먹고 고승이 몸을 적셨으리오
　월정교* 난간 너머 물 맑아 모래 거꾸로 흐르는 물살
아래
　섬섬옥수 장삼 안깃 붉은 모란이 흔들리며 거기서 피
어 나기에
　잠시 다가가는 마음 불러 제자리에 놓으려다가
　그 순간 기우뚱
　하늘 한 자락 당겨져 달의 정기 우루루
　몸 안으로 쏟아져 들어온 줄을

연적에 꽃잎 하나 갸우뚱, 물길 트이듯
　트인 물길 타고 하늘 받칠 실한 기둥 태어날 줄을
　그 기둥 백성들 안으로 스며들어 가
　'달하 이제 서방까지 가시나이까
　다짐 깊으신 부처님께 우러러
　두 손 모아 그릴 사람 있다 사뢰고 싶소이다'**
　한숨도 소원도 노래로 불러내어 적게 될 줄을

그 다리 어디쯤 실족의 자리 있어

저잣거리 아랫것들도 화엄경 한 줄
표주박으로나마 걸림 없이 만날 수 있을 줄을

다시 천 년 지나 달 뜨는 성 아래 그 개울에
둥두렷이 새 달 뜨듯 실한 다리 놓이거든
실족의 그 자리에 커다란 방점 하나 쳐 두었다가
지나는 사람마다 제 아픔 곱게 다스려
원왕생 원왕생願往生** 그 소원 이루어지이다

* 경주시 교동에 있는 다리로 원효대사와 요석공주의 만남과 관련이 있다고
  전함.
** 신라 향가 '원왕생가願往生歌'에서 부분 인용.

49

발바닥 기도

보이지 않는 곳에서
묵묵히 우리를 받쳐주고는
얼굴도 보이지 않고 사라지더니

오늘은 웬일로
때 묻어 반질반질한 그대로
가지런히 줄지어 우리 앞에 섰구나

부산시 동항동 부둣가 언덕배기
반지하 컨테이너 사랑의 집*
바람 숭숭 기도실
맨발로 무릎 꿇은 청년 수사들

버려진 사람
선창에 흘린 생선
팔다 남은 무 배추
모조리 주워 오느라 땀이 밴 발바닥

목 마르신 주님!

받으옵소서
가장 낮은 곳의
먼지와 때이옵니다

* 본부는 인도 콜카타에 있는 마더 테레사 사랑의 집.

302호 메트로놈

환청이라뇨
피해요, 어서 피하라고요
기차가 다가오고 있잖아요

유년을 밟고 가는 기차 소리
홍등이 기차역 담벼락을 밝힌다

빗방울이
함석지붕 건반에 소녀의 기도를 연주하던 집
방방이 화장 짙은 언니들이 손님을 모셔오고
방세를 받아 산 안방 가득 피아노 한 대

철커덕
교도소 담벼락
엄마를 가두던 철문 소리

환청이라뇨
끊어질 듯 이어지는 라르고
핍진하여 쓰러지는 피아니시모

피아노 뚜껑을 닫고 무대에서 내려서며
결혼을 반납하고
배 속의 아이마저 반납한다

비상구 닫히는 소리
파르르
떨고 있는 꽃잎 한 장

정신과 병동 302호
환자복 아래 오른쪽 심장에 달린
메트로놈 한 대
라르고에서 프레스토까지
한 생을 관통하고 있다

블랙 마돈나*

아프리카에서 왔나
전신에 박힌 가난의 문신

빛나는 왕관은
알함브라 궁전에나 있는 것

낡은 아마포 가운 아래로
내민 손톱까지 까만 손

이 손에 키스하기 전
저 문간 걸인의 바구니에
네 마음 먼저 담아 오렴

수많은 아들들이
실직의 십자가를 지고
골고타를 오르는 시대

얼마나 속을 태웠으면
저렇게 숯검정이 되었나

빛나는 화관과 망토를
세상의 그늘진 언덕에 벗어 두고

여러 번 덧대어 기워 입은
아마포 가운 아래로
내민 손톱 때 까만 손

*스페인 바르셀로나 몬세랏 수도원에서 만남.

들지 못한 소리

천 이백 도 화력에도
타지 못한 뼈
분쇄기에 갈려서
옹기 속으로 들 때까지
낡은 구두 한 켤레 영정을 지키고 있다

무엇을 태우고 여기까지 노 저어 왔나
이물과 고물이 다 닳은 폐선

태풍이든 해일이든
바람과 물결은
생을 받치는 부력

한쪽 팔 앗아간 너울도
아내를 외간으로 몰고 간 회오리바람도
만신창이 돛을 세울 수 없었나

말문을 닫고
바람도 파도도 없는

잠 속으로 들어야 할 지점

한 번도 귀 기울여 준 적 없는
젖은 눈빛들 저들끼리 출렁일 때
핏발 선 소리 하나
산 자들의 가슴을 때리며
주인 떠난 빈 배에 똬리를 튼다

세한 산수유

떨어지지 못한 열매가
눈을 이고 겨울을 나고 있다
꽃을 보내고
잎마저 보내고

겨울새 한 마리
콕 콕
입질을 한다

살았는지
죽었는지

붉은 갑옷에 한 생애를 가두고
말이 없다

소아암 병동 앞
할머니 한 분
손자의 사진을 안고
주저앉아 있다

꽃을 보내고
잎마저 보내고

꽃댕강나무

정수리에 하얀 별 무더기
언제 부러질지 모르는 꽃대궁
햇빛 한 줄기 가슴에 꽂힐 때
잎사귀마다 푸른 실핏줄 하트를 그린다
벌겋게 핏발 선 가지
조금씩 굳어오는 아랫도리엔
절망의 블랙홀이 숨어 있다

댕강댕강 스티븐 호킹의 나무*
바람이 휠체어를 흔들 때마다 진한 향기
살아 있는 마지막 한 톨의 근육을 움직여
우주의 어느 정거장으로 교신을 시도한다
숨가쁘게 달려온 태초의 빛을 찾아
블랙홀 깊은 수렁에 샘을 파고 들어 간다

여름 지고 겨울 피기 전
가슴에 새겨진 문신 그대로
손잡고 퍼 올리는 시한부 향기
검은 수렁 그 샘에서 빛줄기 터져 나올 때까지

무수한 별로 피어나는 루게릭의 언어
온몸으로 빛을 퍼 올려 별의 씨앗 심는다.

* Stephen William Hawking: (1942~   ) 영국의 이론물리학자. 21세에
  루게릭 진단으로 2년의 시한부 선고를 받음. 이후 50여 년 동안 전신마비
  의 진행에도 휠체어에 부착된 음성 합성기로 의사소통을 하며 빅뱅과 블
  랙홀에 관한 혁명적 이론을 제시함으로써 천체물리학의 발전에 위대한 업
  적을 남김.

어미의 겨울

잎 진 나무가 겨울을 견디는 것은
그 여린 발가락들이
누워 있는 제 어미 젖무덤에 닿아 있기 때문이다

푸석푸석 가슴 내려앉는 메마른 겨울 산이
깊은 주름을 만들어 눈 녹은 물 빨아들이는 것도
길게 몸 뻗어 따슨 햇살 주워 모으는 것도
마른 가랑잎들 차근차근 불러들이는 것도

제 젖무덤 가에 옹기종기 모여 있는
꼬물거리는 발가락들 때문이다

잘 자라 무성한 잎으로 어미의 하늘마저 가리고
숱한 짐승 불러들여 그 가슴을 파헤쳐도
어미는
제 어린것의 아랫도리에 입김을 불어넣는다

3부

서랍 속 편견

모난 어깨가 누구를 찔러댔나
세모끼리도 마음만 맞으면
각을 모아 둥글어질 수 있는데

속옷은 반드시 흰색이어야
반드시 삶아 햇볕에 말려야

반드시를 떼고 나면 온 세상이 꽃밭일까
고운 색깔, 부드러운 감촉에 밀려나
서랍 속에 갇힌 고집들 누렇게 얼굴이 떴다

배꼽도 허벅지도
벗을수록 미인 되는 세기의 아침
통 넓은 긴 치마로 무엇을 감싸 왔나

받들어 온 직선이 하루아침에 굽어져도
편견이었어, 위로하며
반드시를 떼어 서랍 속에 가둬야 하나

너럭바위 한쪽 어깨

산벚나무 한 그루 가녀린 몸통으로 너럭바위 한 채를 전신으로 받치고 있었어. 야산 옆구리 가파른 언덕이었어. 입 앙다물고 발끝에 힘을 모아 지키지 않으면 안 될, 하루아침에 허물어질 수도 있는 집이었을까.

그 바위 편안하게 누워 볕바라기하던 걸. 아니야, 한쪽 어깨 땅에 붙이지 못하고 있었어. 어깻죽지 사이로 어린 산벚나무 기어 나오던 걸. 뿌리 거기에 내리고 있었다니까, 봄 여름 가을 겨울 그러고 있었다니까.

산벚나무 너럭바위 잔등에 꽃그늘 드리우는 봄날에도 땅속 뚫고 나온 어린 뿌리 다칠까 너럭바위 한쪽 어깨 들고 밤새웠단 말이지, 아직도 그러고 있단 말이지.

산벚나무 내 눈엔 왜 안 보였을까. 봄 여름 가을 겨울 다 지나도록 도처의 너럭바위 그대 치켜든 한쪽 어깨.

북창일기

이른 아침
북창 열고 겨울 산을 향하면

밤새 지고 있었느냐
모든 짐 내려놓은 나를 보고도
아직도 어깨 가득 채우고 있느냐
놓아야 할 목록의 첫머리에 너를 놓아라
깃들인 새들에게 자유를 주려면
네 안의 보금자리 걷어 내어야

깃을 치던 새들 날아들지 못하게
빈 가지만 들고
떡갈나무 떡하니 버티고 섰다

무성함을 버린
무상한 겨울 나무

사라진 을숙도

아직도 서걱이고 있을까
낙동강 하구 그 갈대숲
마주 서기만 해도 뜨거워지던 피

갈대 울타리 카페에서
새해의 차 한 잔 나누던 그때
다가올 시대로 향하던 무수한 의문부호처럼
스물여섯 그 겨울을 건너가던 철새떼는
어디

한 시대의 더운 피톨로 개펄 속에 묻혀 있을
그 겨울의 발자국처럼
거구의 생태공원 에코센터 유리벽에 찍힌
새들의 비상
갈대 사라진 인공 습지에서
예순여섯 저문 피로 바라본다

개안 수술

공중에 매달려
내 각막을 닦고 있는 저분

시신경 건드리지 않으려고
옆구리 차고 온 호스로
묵은 때 불린 다음
비눗물 고무 칼로
편견
선입견
조심조심 싹싹
맑은 물 다시 뿌려
수술 끝

20층에서 밧줄 타고 내려온
집도의
공중에서 대롱대롱
땀이 범벅이다

종일 매달려 차려낸

진초록 한 상
산은 어디 가고
소나기 없이
목욕하고 나온 유월의 여자
풍만하게 누워 있다

수목장 계약서

생애 처음으로 땅 한 평 사니
가을 하늘 수십만 평 그대로 따라오고
골짜기마다 먼저 도착한 선배
물든 나무보다 많다 하니
거느린 잎사귀 떨어진 잎사귀까지
햇살 나누어 쬐며 비바람 함께 맞으며
손잡기 좋으려니
나에게 심어질 단풍나무
너를 위해 심어질 나
한 줌 뼛가루도 이런 쓸모 있으니
눈길 한번 못 주었던 산새와
볼 한번 제대로 부비지 못한 풀꽃들에게도
네 친구 되기로
꾸욱 눌러 도장을 찍는다

디스크*

주소는 백양나무 줄지어 선
후미진 4번가와 5번가의 사잇길
빳빳하게 힘주는 1, 2번가에도 들지 못한 채
눈부신 몸의 중심에서 비켜나
네가 받들던 경전이 무엇이더냐
신음 소리라도 좀 내지
투덜투덜 불평이라도 좀 하지
차가운 단절의 벽들
도래방석으로 다 받아 안느라고
이렇게 종잇장처럼 여위었느냐
폭신하고 부드러운 감성의 깃발이
외마디 비명으로 내려앉은 그곳
후미진 골목을 찾아 이제야 노을빛 열선을 꽂으니
네 지고 온 고단한 무게를 여기 부려 놓아라

* 척추 사이에서 쿠션 역할을 하는 원판의 중심부.

당신의 시계는 몇 시입니까

지금은 몇 시입니까
스위스의 레만 호숫가에서
청년 이어령 선생이 물었다
사랑과 평화의 시간입니다
초록 언덕의 어린 꽃시계가 대답했다
지성의 계절풍이 유럽에서
한반도로 불어오던 시절이었다

지금은 몇 시입니까
명민한 딸의 식어가는 몸을 안은
만년의 선생께 물었다
이해와 수용의 시간이라네
영안실의 늙은 벽시계가 대신 말했다
한반도의 굴렁쇠가
세계로 내닫는 시절인데도
달변의 선생은 말을 잃고
침묵의 젖은 시간을 안고 있었다

지금은 몇 시입니까

백발의 사제가 고백소에서 묻는다
허리 굽혀
땅에 입 맞추고 싶은 시간입니다
후회의 강물이
벌떡 일어서서 대답한다

메멘토 모리*
월계수의 잎이 지고 있다

* Memento Mori. '죽는다는 것을 명심하라'는 뜻의 라틴어.

무너지는 것들

내 손으로 끝장을 내자

망치를 찾아 들고
감당키 어려운 저 덩치 가슴 한복판을 내리친다

장독대를 아파트 베란다로 옮기는 날
원폭 피해자로 돌아온 땅 한 평 없는 고향에서
허기진 마음에 몇 번이나 눈독 들였을
어머님의 배부른 장독
한 방에 까무러쳐 드러낸 밑바닥엔
졸이다가 졸이다가 색마저 놓아버린
반짝이는 사리 한 움큼

햇볕에 졸아든 갈색 영혼은
잘 닦은 유리병에 안치하고
소금에 전 조각난 육신은 잘게 부수어
한평생 의지 삼던 목단나무 옆에 그를 묻는다

스미다

땅속 뿌리 발톱에 닿기까지
빗방울 방울방울
얼마나 부서져 밑둥에 스밀까

잎맥 작은 방 문턱을 넘기까지
햇살 가닥가닥
얼마나 쪼개져 가지에 스밀까

골짜기 헤매던 스무 살 내 물살
몇 번이나 무릎 꿇고 곤두박질쳤을까
몸 섞어 해일로 일어서기까지

가슬가슬 몸 말리는 가을 산
봄 지나 여름 지나 단풍 든 너와 나
비와 바람 얼마나 스며들어 이 빛깔로 섰을까

바늘꽃

물소리의 서랍을 열어
한 땀 한 땀 꽃으로 수를 놓더니
종내 만들지 못한 겨울 나이테
된서리 한 번에 고개 숙여 땅을 물었다
물 자아 키워 올린 긴 꽃대
몸 거두어 이불 한 채 뿌리를 덮고 있다

뿌리를 안고 잠이 든 적 있었지
등창을 두 손으로 받치고
삭정이 같은 노구 식어가던 가슴에 얼굴을 묻고
혼곤히 잠에 빠졌지
저승 문 앞에서 막내의 손을 풀고
순식간에 몸을 빠져나가던 한 점 온기
물 자아 키워 올린 긴 꽃대
몸 거두어 한 채의 이불도 되지 못했다

손등의 지도

푸른 산맥을 끼고
굽이치던 계곡
폐광의 터널처럼 바닥까지 말랐다

한때 기름진 언덕에 피어나던
보드라운 솜털 어디에도 없고
자디잔 주름과 주름 사이
석탄 더미 검은 꽃만 피어
채굴당한 흔적 고스란히 남았다

위도와 경도가 만나는 가파른 극점에
숨가쁜 정맥이
결빙의 산맥으로 뻗어나 있다

이 친구

내 저물녘에 찾아온 이 친구
은근히 사람 흥분하게 하는 구석 있어
모른 척하면 한밤중에 찾아와
사람 벌떡 일어나게 만들지 않나
마주하고 앉았어도 한 마디 말도 시원하게 못 풀고
날 새기 전에 부리나케 달아나 버리지를 않나
그런데 나도 몰라 이 어리버리한 친구를
밤마다 정좌하고 기다리는 마음을
몸 다듬고 기다려도 오지 않던 이 친구
골목시장 콩나물 할머니 마디 굵은 손가락 사이로 언뜻 보였다가
타이어 조각배로 시장바닥 노 젓는 총각 노랫가락 속에 스며들었다가
읽던 책갈피에 들어와 팔자 좋게 드러누워 있지를 않나
손 뻗어 악수라도 하려고 하면
저 겨울 하늘로 순식간에 올라가 둥둥
내년 여름 소나기로 내려오려나
저 무슨 은밀한 속살을 보여주겠다고
이렇게 목마르게 목마르게 하는지

잔뜩 긴장하게 해 놓고 졸졸 빠져나가는 미꾸라지
이 친구를 이렇게 밤낮 따라다녀야 하는지
오늘 밤도 받아쓰기할 백지 한 장
저 혼자 자정을 넘기고 있다

마지막 자리
— 시래기의 보시

누렇게 뜬 얼굴
너덜대는 치맛자락
알몸 뽑혀 대처로 보내지고
널브러져 남은 바람벽 울타리들

땅속 어둠 맨 먼저 뚫고 나온 몸
한겨울 처마 끝에 매달려
한 방울 영혼까지 증발시킨 뒤
끓는 물에 육신을 푼다

품안 새끼 날려 보낸 역사 앞 광장,
더운 김 한 가닥 앞에 늘어선 긴 줄
등에 붙은 허기를 위해
한 사발 더운 국물로 엉긴다

4 부

초록 팔뚝의 집

붉은 그물 집에서 바람 숭숭 맞으며 겨울을 나고 있다는 소식 듣고 찾아갔더니, 여린 팔뚝 하나 먼저 나와 악수를 청하지 않겠나. 하 수상해 문 따고 들어가 주름진 옷 벗기고 벗기고 속살에 가 닿으니 물컹 물러 빠진 그것이…….

이 겨울 어디를 나돌다가 이 지경이 되었냐고 캐물었더니, 두문불출 제 흰 속살 녹여 초록 팔뚝 하나 키웠노라고, 몸속에 어린 것 하나씩 품은 이웃들이 일제히 연둣빛 손을 흔들어 보이지 않겠나.

한 뼘 기댈 언덕도 없이 한 방울 물도 한 가닥 햇살도 허락되지 않는 뒤란. 구멍 숭숭 나일론 자루에 얇은 옷 한 벌로 모여들어 하얗게 드러난 발가락 마디마디로 체온을 나눠 가졌을 이 골짜기의 겨울 연대.

자네는 어느 별에서 와서 어미의 허물어진 무릎을 보고 있는가, 둥글게 휘어진 그 슬하로 당당하게 빠져나온 싱싱한 초록 팔뚝인 자네.

바람의 계절

KTX 따라 마냥 쫓아오는 오월 능선에 빨대를 꽂고 마구 빨아올리는 나무들의 연둣빛 정액. 들썩거리는 숲의 어깨너머 풀어진 머리칼에 초록을 칠갑하는 봄의 오르가슴. 차창으로 함께 호흡하던 승객들도 하나같이 노곤한 잠에 들었다.

우랄을 만나다

어느 시대에 획을 긋는가
오뉴월 가슴에 눈을 안고 누운 우랄

고도 11,582Km
시베리아 상공 현재 기온 −56°c
시속 835km 속도를 늦추어
제정 러시아의 얼음장 위로 들어가는 알 이탈리아 항
공기

혁명의 눈보라 속으로 애인을 배웅하던
닥터 지바고의 성에 낀 눈동자와
헐벗은 자유,
솔제니친의 얼어터진 발이 마중을 나온다

로마까지는 아직 5,492km
크레믈린궁의 수문장 우랄 앞에
기체는 육중한 날개를 낮추어 잠시 예를 갖춘다

아득한 왕조 빛나던 콧대 그대로

분홍빛 여린 살갗을 한 이 고을 처녀들이
변방의 작은 나라 까레야*의 뒷골목으로 스며들어와
밤거리에 홍등을 켤 줄이야

눈바람의 언덕에도 햇볕은 스며
어린 풀씨가 초록의 꿈을 틔우고 있다

* 까레야 : Korea를 뜻하는 러시아어.

바뇌의 별

자정에 내린 남의 나라 공항
다시 국경을 달려 세 시간
아득한 거리 밖 벨기에의 오지 바뇌

울창한 전나무 숲 판잣집 숙소
잠긴 문 두드려도 약속은 대답 없고
쏟아지는 눈발 같은 빛
자지 않고 기다리고 있었네
황야에서나 만나 준다던 그 별

우아한 식탁에 앉아
포도주잔을 부딪치며
푹신한 잠자리에서는 까맣게 잊었던 그

찬란한 중세의 사원에서 밀려나
여기 가난한 촌락의 찬 하늘에서
기다리고 있었네

무얼 찾아 여기까지 왔느냐

일생의 질문을 던지고 있네

내 안에 어둠이 고여야
빛이 들어올 수 있는 것을
참 많은 등을 달고
나는 여기까지 왔네

어미 두멍

제주시 구좌읍 한동리 〈바우네〉 민박
처마 낮은 옛집 추녀 밑 물두멍 하나
민속촌마다 머리 땅에 박고 자고 있던,
할 일 끝낸 그 독이 이 댁에 와선
연둣빛 이끼를 뚜껑 가득 이고 있네요
이끼숲 사이사이
수많은 콩, 콩, 콩란을 품어 키우네요
그 식솔 받치는 배부른 독의 곡선 따라가 보면
수많은 오름의 능선을 만나게 되는데요
온몸의 용암 불러내어
여러 남매 키워낸 우리네 어머니
철 철 제주를 먹여 살린 그 젖줄기가
콩, 콩, 콩란 입에 젖을 물리고 있네요

맹_盲학교 음악 시간

육지 속의 한 점 고도
수평선 아득하게
안개 서성이는 곳

수부가
은빛 물고기를 낚아 올리는 이 켠

창백한 책갈피 속으로
무수히 시도되는 아이들의 자맥질

건져 올린 자음과 모음으로
화음을 지어
'뷰 티 풀 드림---머'
꿈을 노래한다

'자라선 안마사가 되겠어요'

눈먼 뜨락에
혼자 붉은 베튜니아

두루마리 한 폭

이 그림 어떠니?
연두에서 초록으로 번져가는
아카시아 향 푸른 오월 한 폭 펼쳐 보인다
볼 것 다 보았다며
새로운 것 찾아 떠돌다 온 날
바람 불러 나부끼는 초록 머리칼 뒷덜미까지 보여 준다
봄 여름 가을 겨울
한 폭 그림으로 다가서는 뒷산 언덕배기
앉지도 서지도 못하고 누운 그대로
설레설레 바람의 각도까지 조절해 가며
음영 드리워 붓을 친다
둘둘 말아버리고 싶은 나의 시간들을
돌돌 펴보고 싶은
그림 한 폭으로 다시 치게 한다

혈류

입속으로 스며드는 날 선 키스
꽃바람에 마음 부대낀 적도 없건만
사나흘 몸살에
베갯모를 적시는 선홍빛 낭자한 꽃물
주먹을 휘두르며 광장에 모인
울부짖음 같아 섬뜩하다
폐경된 지 십수 년
달마다 내던 목소리를 틀어막았으니
저도 어디든 뛰쳐나가야지
몸속 혈관을 돌아다니던
쏟아내지 못한 분노
코를 막으니
목구멍으로 급하게 넘어가는 선홍빛 피

어느 봄날
고목의 몸피를 뚫고 나올 꽃맹아리
제 둥치에 균열을 내고 있다

4월

감감 소식 없더니
와 ―
한꺼번에 말문이 트였구나

불끈 아랫도리 힘을 뽑아
하늘을 끌어내리는
연두의 어린 손, 손, 손들

앉은뱅이 풀꽃에서
미루나무 우듬지 갓 태어난 물방울까지

길을 내고 등을 켜는 숨가쁜 신방

우우 손나팔로
소문내고 싶어라
출렁출렁
소문 따라 나서고 싶어라

바람난 바람

왜 저리 서럽게 우는지
통통 살 오르는 햇살 아래
왜 저 혼자 울고 다니는지
맘 시릴 때 휘젓고 다니던 숲길은
총총 연두에게 다 내주고
굴리던 갈잎조차 숨어 버리자
저도 제 마음 가둘 수 없어
산기슭 내려와 휘휘 마을이나 도는지
헛헛한 마음 전깃줄이나 흔들어 보는지
이 골목 저 골목 기웃대다가
남의 집 꽃밭 있는 대로 헤쳐 놓고
통통 살 오르는 사월의 햇살 아래
울긴 왜 우는지
벌건 대낮 꽃잎 속에 얼굴 묻고

연꽃 안부

애,
너 넓은 치마로 한사코 가리고 싶은 게
뭐니?

다물지 못하는 입
이 마을 처녀들 다 불러내어

혼례청에 등을 달고
발그레 창을 여는데

어둑한 아랫도리
자꾸만 젖어

가장 깊은 그곳 안부
알면 안 되니?

가을 산

어제는 구름 한 채 집을 지어 들더니

오늘은 물결쳐 오는 하늘 한 자락 끌어당겨 누웠다

내일 무슨 말을 하려고 저리 뜸을 들이나

바작바작 가슴 타는 소리

누구십니까

별도 달도 없는
야심한 어둠을 타
너, 너, 이놈
거기서 오래 무엇을

보이지 않는 손
커튼이 흔들
드디어 창을 타 넘어
혼자 있는 여자 방을 감히

이마를 가린 머리카락
눈썹을
귓불을
목덜미로
어 어 가슴팍까지

한숨
졸음
땀을 닦느라

소금기 밴
바람 손수건 한 장

이 여름밤을 위해
긴 겨울
뒷산 숲이 품어 온
서늘한 자애

못난 것들의 나라

문 걸어 잠글 수 있는 방 한 칸
그 방에 북으로 난 창이 있어
그 창 열고 팔 뻗으면 직선 거리에
승천하지 못한 용 한 마리 길게 누운 산
그 용 옆구리에
비쩍 마른 졸참나무 몇 그루
볼품없이 생긴 게 오지랖은 넓어서
갈참 굴참 떡갈에 상수리까지
모조리 불러들여 저렇게 마구 뒤엉켜 사는 곳
온갖 나방에게 부옇게 몸 뜯기고도
나누어 줄 도토리 한 톨 없어질 때까지
골짜기 구석구석 다람쥐 청설모 먹성 좋은
고라니까지 챙겨 먹이느라
용의 옆구리 내려앉도록 가쁜 숨 몰아쉬는
저,
        저,
                저,
못난 것들이 숲을 이루고 있는 곳
나는 해를 등진 북창이어도

날 데우는 햇살은 저기서 피어 오른다는 것
바람맞아 잘려 나간 가지 그대로
눈 밑에 잠잠히 엎드렸어도
오밤중에 길 잃은 달빛 한 줄기
한눈에 알아보고 찾아드는
저 곳

부드러운 직선의 삶과 시

이 승 주(시인)

1

한 권의 시집은 시를 사랑하는 한 시의 장인이 오랜 고심 끝에 그가 찾아낸 언어의 재목을 자르고 깎고 다듬어 맞춰 지은 한 채의 사유와 성찰의 건축물이다. 따라서 우리가 한 권의 시집을 읽는다고 하는 것은 그 건축물의 주인인 시의 장인과 만나 그의 삶과 사상에 대해 공감하며 차 한 잔 나누는 것이라고도 하겠다. 그러므로 더군다나 누군가의 첫 시집의 원고를 손에 들고 읽기 직전은 알 수 없이 더욱 설레기 마련일 터인데, 그것은 그 시인의 시 세계를 처음으로 만나게 되는 순간에 대한 기대감과 그것에서 연유되는 얼마간의 흥분 때문이랄까. 손영숙 시인의 경우 내게는 특별히 그러하다.

내가 알기로, 손영숙 시인은 '부드러운 직선'의 시인이다. 부드러움은 직선을 내장하고 있을 때 유약하지 않으며, 그럴 때 직선 또한 부드러움 속에서 더욱 예각적으로 빛난다. 손영숙 시인의 이번 시편들을 읽으면, '부드러움'은 연륜의 수양과 인품의 고매에서 비롯되었겠으며, '직선'은 엄정한 자기 성찰과 함께 삶과 현실에 대한 굴절되지 않은 사유와 인식에서 비롯되었겠다고 하겠다.

모난 어깨가 누구를 찔러댔나
세모끼리도 마음만 맞으면
각을 모아 둥글어질 수 있는데

속옷은 반드시 흰색이어야
반드시 삶아 햇볕에 말려야

반드시를 떼고 나면 온 세상이 꽃밭일까
고운 색깔, 부드러운 감촉에 밀려나
서랍 속에 갇힌 고집들 누렇게 얼굴이 떴다

배꼽도 허벅지도
벗을수록 미인 되는 세기의 아침
통 넓은 긴 치마로 무엇을 감싸 왔나

받들어 온 직선이 하루아침에 굽어져도
편견이었어, 위로하며
반드시를 떼어 서랍 속에 가둬야 하나

　　　　　　　　　　　　　　—「서랍 속 편견」전문

위의 시는 "속옷은 반드시 흰색이어야" 하고 또 "반드시 삶아 햇볕에 말려야"만 한다고 믿고 "받들어 온 직선"의 삶이 혹여 누군가를 찔러댄 "모난 어깨"이지나 않았는지, 혹은 점차 고급화되어 시장에 넘쳐나는 고운 색감과 촉감 부드러운 재질의 속옷에 밀려나 누렇게 바랜 채 "서랍 속에 갇힌" "속옷"처럼 "고집"이나 "편견"은 아니었을까, 자신의 삶을 되돌아보는 한편으로, 아무리 시대가 바뀌어 "벗을수록 미인 되는" 세태라 하더라도 반드시 "반드시를 떼고 나면" "하루아침에" 과연 "온 세상이 꽃밭일까", 내 삶을 지탱해온 "받들어 온 직선"에서 "반드시를 떼어 서랍 속에 가둬야" 옳은지 묻고 있다. 삶과 처세의 관점에서 볼 때 직선은 신념과 도덕적 의지의 함의를 갖는다고 할 수 있는데, "세모끼리도 마음만 맞으면" 얼마든지 "각을 모아 둥글어질 수 있"다고 믿으며 "직선"을 받들어 세태에 무릎 꿇지 않고 살아온 공시적·통시적 삶에 대한 이러한 반성적 성찰은 타인의 결손적·문제적 삶에 연민으로 뿌리 닿는다.

열네 살 꽃봉오리였어요. 산부인과 화장실 변기에 연분홍 꽃잎의 발목 손목이 내 몸에서 쏟아지기 전까지는요. 진홍빛 꽃물이 다 빠져나간 뒤 더운 국밥 한 그릇 넘기고 그 오빠네 집을 찾아갔어요.

엄마가 버린 아빠의 그림자가 술 냄새 풍기며 주춤주춤

따라왔어요. 당당하게 그분은 말했어요. '집 나온 아이 한 달간 먹여 주고 재워 준 게 잘못인가요? 덕분에 우리 아이도 한동안은 마음을 잡더라니까요. 피차 좋은 일 아닌가요? 책임질 일 있다면 책임지겠지만, 수술비는 한 푼도 보탤 수 없구만요.'

머리끄덩이 붙잡힌 채 그대로 골목에 패대기쳐졌어요. 아빠의 목발이 동강 나 뒹굴었지요. 진홍빛 꽃물 전신이 멍든 꽃봉오리를 지금도 적시고 있어요. 얼굴 없는 내 꽃잎의 손목과 발목처럼,
　　　　　　　 ―「진홍빛 꽃물―지붕 없는 아이들 1」전문

'직선'을 받들어 온 삶인 손영숙 시인의 시선은 우리 사회의 희망과 미래의 소외지대인 결핍과 불우의 그늘지고 병든 곳을 지향함으로써 '직선'의 완강성에 연민의 유연성을 주입한다. 이번 시집에서 특히 주목을 끄는 '지붕 없는 아이들' 연작은 우리 사회가 안고 있는 가족/가정 해체와 문란, 그로부터 야기되는 문제와 병폐를 가감 없이 보여준다. 지붕은 단순히 비바람 눈보라를 막는 주거의 기능을 넘어서 그 지붕 아래 함께 살아가는 가족 간의 정서적 유대와 안정, 나아가 공동체적 사회의 안녕과 질서를 유지하고 지탱하게 하는 기반적인 공간―구조물이므로, "지붕 없는" 삶이란 가족적·사회적 상호배려와 평온에서 소외되고 비켜날 수밖에 없다. 아빠를 버린 엄마, 심신 불구의 주정뱅이 아빠, 아이들에 대한 이

들 부모의 방기와 무책임, 축복받을 수 없는 임신과 낙
태 등 청소년들의 뿌리 흔들리는 삶과 이들을 집 밖 한
데로 내몰면서도 "책임"질 줄 모르고, 이들의 안락한 거
처—"지붕"과 이들의 구원이 될 따스한 손길—"더운 국
밥 한 그릇"이 못 되는 결핍 되고 취약한 삶의 현장을 위
의 시는 그대로 찍어낸다.

집만 아니면 어디든 가겠어요
　　　　　꽃이 말라가기 시작해요
밤마다 아빠는 저를 안아요
　　　　　화분이 먼저 꽃을 버렸어요
엄마가 없어진 뒤로 죽 그래요
　　　　　지금은 비가 아니라 구름이 필요해요
술 때문만은 아닌 것 같아요
　　　　　아주 검은 걸로 한 조각만 빌려주세요
엄마 때문만도 아닌 것 같아요
　　　　　나를 담을 그늘이 필요한 걸요
　　　　　—「꽃의 결석계—지붕 없는 아이들 3」부분

엄마의 남자가 엄마를 데리고 가버린 날
그 아저씨의 아줌마를 아빠가 데리고 왔다
어느 쪽이 먼저인지 알 수 없지만
우리는 자연스럽게 가위표 가족이 되었다

그 집 오빠와 한집에 사는 게 싫어 나왔는데

그 오빠, 달빛도 버리고 간 내게
햄버거 사 주고 분홍 리본 달아 주며
우리가 남매라고
밤에만 찾아와 한사코 줄을 긋는다
　　　　　　—「오빠는 밤마다 나를 주우러 다닌다
　　　　　　　　—지붕 없는 아이들 4」 부분

　나를 두고 흘러간 강물을 거슬러 놓쳐버린 나를 찾아 나
섰지요. 무슨 죄를 지었을까요. 교회당 대리석 계단이 죄
다 무릎을 꿇었네요. 종이 떠난 종탑 이제는 울지 않아요.
기다리다 지친 해가 꼴깍 넘어갈 때까지 한 번도 울지 않
은 여섯 살짜리가 아직도 종탑 아래 앉아 있네요.

　흘러간 강물이 출렁이며 나를 데리러 돌아오는 날 종탑
에도 한 그루 어린 종이 새로 태어나 잎사귀마다 연둣빛
종소리를 달고 아득히 아득히 퍼져 나가겠지요.
　　　　　　—「돌아온 종소리—지붕 없는 아이들 5」 부분

　윤리적·도덕적 장막의 지붕이 걷히고 그 아래 맨살로
드러난 일그러지고 반인륜적인 막장의 욕망의 삶. 하지
만 손영숙 시인은 최소한의 인간적 존엄이란 말조차 사
치스러울, 부서지고 망가진 인성의 밑바닥 삶과 각자 두
꺼운 방음벽에 고독하게 스스로를 유폐시켜 "지붕 없는"
삶에서 벗어나고자 하는 아이들—이웃의 외침을 듣지
못하거나 외면하는 콘크리트 삶의 현실을 사실적으로

보여 주는 데 그치지 않는다. 비록 그것이 우리와 무관한 삶이라 하더라도 그것이 우리의 인식의 원반에 닿는 순간 이미 그것은 그대로 어떤 울림으로 우리의 가슴에 새겨지므로. 우리 사회의 한없이 낮고 그늘진 삶을 인화하는 손영숙 시인은 저들의 아픔과 눈물을 무연한 듯 애써 안으로 감춘 연민의 가슴으로 받으며 우리에게 무엇을 묻는다. 그러면서 마침내 그 연민은, "종이 떠난 종탑"에 "한 그루 어린 종이 새로 태어나고" 해가 넘어갈 때까지 "종탑 아래 앉아" 기다리며 "한 번도 울지 않은 여섯 살" 내가 "잎사귀마다 아득히 아득히 퍼져나가는 연둣빛 종소리"로 부활할 것임에 대한 스스로의 믿음을 확인하게 한다.

2

시는, 그것이 바늘잎을 갖든 넓은 잎사귀를 갖든 또 한 그루의 충매화이든 풍매화이든 존재의 확인인 서정에 기초하므로, 자아에 대해서든 타자 혹은 물상에 대해서든 또 실상화이든 상상화이든 시작의 구체화는 시적 오브제에 대한 성찰과 연민의 드로잉에서 출발한다. 시적 미감과 향기가 원래부터 없거나 조화 같은 가짜 시가 아니라면, 시적 미감과 향기가 옅거나 희미하게 짐작할 수 있는 드라이플라워 같은 시라 하더라도 그 형상의 지표 아래 서정의 물길을 감추고 있기 마련이다. 서정이 주체와 객체의 상호동화 혹은 물상의 인격화를 통한 주체와 객체 간의 교감과 감응에서 비롯된다고 할 때, 이때 마음에 일렁이며 새겨지는 서정―교감과 감응의 근원적인 시냅스는 성찰과 그 성찰의 뿌리이며 열매인 연민과 애정이다.

　　이른 아침
　　북창 열고 겨울 산을 향하면

　　밤새 지고 있었느냐
　　모든 짐 내려놓은 나를 보고도
　　아직도 어깨 가득 채우고 있느냐
　　놓아야 할 목록의 첫머리에 너를 놓아라
　　깃들인 새들에게 자유를 주려면
　　네 안의 보금자리 걷어 내어야

　　깃을 치던 새들 날아들지 못하게
　　빈 가지만 들고
　　떡갈나무 떡하니 버티고 섰다

　　무성함을 버린
　　무상한 겨울 나무
　　　　　　　　　　　　　　　―「북창일기」 전문

최고의 자애와 연민은 모성애다. "무성함"을 버리고 "깃을 치던 새들 날아들지 못하게/빈 가지만 들고" "떡하니 버티고" 선 "떡갈나무". 이 시에서 손영숙 시인은 떡갈나무의 무정·비정함이 아니라, 봄부터 겨울이 올 때까지 새들 깃들일 보금자리를 "지고" 새들을 키워 내다가 때가 되어 그 새들을 더 넓은 "자유"의 세상으로 날려보내기 위해 "보금자리 걷어 내"는 모성의 강인함을 배운다. 모성은 그 자체로는 한없이 따뜻하고 부드럽지만, 그 어떤 큰 의지나 사태 앞에서는 더없이 강하다. 보금자리 안에만 머물면 보금자리 밖의 더 큰 자유를 모르리라. 어깨 가득 지고 있는 모든 짐 내려놓아야 스스로도 더 큰 자유를 얻으리라. 무성함을 버려야 새봄이 오면 다시 무성해지고 새들을 다시 품을 수 있으리라.

　손영숙 시인의 '직선'의 삶에 내장된 부드러움인 모성과 애정을 품은 연민은 "나를 키운 그루터기"(「뿌리」)에 대한 애틋함에 기초해 그 뿌리를 가족을 넘어서는 다른 물상으로 확장해 간다.

　　게다 벗고
　　기모노 벗고
　　유카타 아래 김 오르는 알몸까지 다 보았네

　　동경 외곽 닛코의 오지
　　해발 1,800m 산정 호숫가 노천 온천

더운 김으로 알몸 가린 다국적 여행객들
비늘과 지느러미 열탕에 녹이며 몸을 풀고 있다

유황 김 오르는 가두리 양식장
열린 하늘 한쪽에 별꽃 다문다문
졸음겨운 달 아래
노란 숨결 멈춘 조선 민들레 한 포기

어디 뿌리 내릴 곳 없어
잘박잘박 넘치는 식은 그 물 받아 먹고
볼 것 못 볼 것 다 본 사연
하얀 꽃씨로 머금고 있나

한 시절
옷깃 속 깨알 글씨 옥중 안부 전하듯
젖은 머리칼 어디쯤에
씨앗 한 톨 묻혀 돌려보낼 수만 있다면
뒷산 그 진달래 맨발로 뛰어나오려니

―「조선 민들레」 전문

　　"동경 외곽 닛코의 오지""산정 호숫가 노천 온천"에서
"다국적 여행객들"의 무리에 섞여 만난 "조선 민들레 한
포기"는 일제에 주권을 강탈당한 우리 겨레의 욕됨과 한
恨의 표상이자, 아픈 삶이 고스란히 집적되어 기록된 역
사책이다. 여기 와서 시인은 게다/기모노/유카타의 알몸
까지 "볼 것 못 볼 것" 다 보면서도 아직도 "뒷산 그 진달

래 맨발로 뛰어나"와 반겨 줄 제 고향산천으로 돌아가지 못하는 "노란 숨결 멈춘 조선 민들레"의 여전히 진행형인 슬픈 "사연"을 저며 오는 연민으로 읽는다. 그것이 자신뿐 아니라 타자에 대한 연민일지라도 그 연민이 굴절되고 훼손된 역사나 시류에 대한 인식에 가 닿을 때, 설령 나지막한 목소리라 하더라도 발언은 고발과 환기의 울림으로 가슴에 내려앉는다.

산벚나무 한 그루 가녀린 몸통으로 너럭바위 한 채를 전신으로 받치고 있었어. 야산 옆구리 가파른 언덕이었어. 입 앙다물고 발끝에 힘을 모아 지키지 않으면 안 될, 하루 아침에 허물어질 수도 있는 집이었을까.

그 바위 편안하게 누워 볕바라기하던 걸. 아니야, 한쪽 어깨 땅에 붙이지 못하고 있었어. 어깻죽지 사이로 어린 산벚나무 기어 나오던 걸. 뿌리 거기에 내리고 있었다니까, 봄 여름 가을 겨울 그러고 있었다니까.

산벚나무 너럭바위 잔등에 꽃그늘 드리우는 봄날에도 땅속 뚫고 나온 어린 뿌리 다칠까 너럭바위 한쪽 어깨 들고 밤새웠단 말이지, 아직도 그러고 있단 말이지.

산벚나무 내 눈엔 왜 안 보였을까. 봄 여름 가을 겨울 다 지나도록 도처의 너럭바위 그대 치켜든 한쪽 어깨.

— 「너럭바위 한쪽 어깨」 전문

산벚나무와 너럭바위를 통해 깨닫는 성찰이 "산벚나무 내" 안에 잔잔한 감동의 파문으로 닿아 "도처의 너럭바위 그대"를 감싸 안는다. 한 그루 산벚나무는 "가녀린 몸통으로 너럭바위 한 채를 전신으로 받치고", 어깻죽지 아래 뿌리 내려 그 사이로 기어 나오는 어린 산벚나무를 위해 "봄 여름 가을 겨울" "한쪽 어깨 땅에 붙이지 못하고" 밤새우는 너럭바위. 가녀린 몸통의 산벚나무 나는 나만 너럭바위를 "입 앙다물고 발끝에 힘을 모아" "전신으로 받치고" 있는 줄 알았는데, "그 바위 편안하게 누워 볕바라기"만 하는 줄 알았는데, 산벚나무 나도 봄날에는 너럭바위 잔등에 꽃그늘 드리우기도 했는데도 그 너럭바위의 그것을 나는 왜 여태 몰랐을까. 왜, 무엇 때문이었을까. "지키지 않으면 안 될" 그것이 "하루아침에 허물어질 수도 있는 집"이었기 때문일까. 그렇다면 하루아침에 허물어질 수도 있기 때문에 입 앙다물고 발끝에 힘을 모아 지켜내야만 하는 "집"이란 산벚나무인 내게 무엇일까. 손영숙 시인은 이 시에서 그것은 바로 도처의 너럭바위인 그대를 향한 연민과 애정이라고 말하고 있지 않은가. 연민과 애정이야말로 나와 그대의 마음이 안식할 거처이므로. 손영숙 시인의 '직선'의 삶 속에 내장된 '부드러움'인 물상에 대한 연민은 "나를 키운 그루터기"(「뿌리」)에서 출발하여 "노란 숨결 멈춘 조선 민들레"(「조선 민들레」)를 거쳐 마침내 "산벚나무 내"게 이르러 더욱 깊어진다.

3

  이상으로, 손영숙 시인의 삶과 시에서 '직선'은 '부드러움'을 낳고, 연민에 토대한 '부드러움'은 '직선'의 "모난 어깨"(「서랍 속 편견」)를 "둥글게"(「꽃 피는 고사목」) 감싸 안음을 살펴보았다. 손영숙 시인의 시가 공감으로 읽히는 것은 시인의 시심이 각자覺者의 심성 저변에 편재한 성찰과 연민에 뿌리를 두고 있음이며, 시인의 시가 거기에서 길어올려진 것이기 때문이리라. 그리고 손영숙 시인의 시가 시류를 추종하는 분란한 기교보다는 성찰의 진정성에 가깝고, 물상과의 교감과 감응이 수직적·척력적 관계 인식에서 연유한다기보다는 수평적·인력적 관계 인식에서 연유하고 있는 것도 '부드러운 직선'의 손영숙 시인의 삶이 그러하기 때문이겠다.